Ingo Siegner

El petit drac Coco i el Cavaller Negre

Ingo Siegner

El petit drac Coco
i el Cavaller Negre

laGalera

Primera edició: febrer del 2010

Títol original alemany: Der Kleine Drache Kokosnuss und der schwarze Ritter

Disseny: Basic-Book-Sesign, Karl Müller-Bussdorf
Maquetació: Adriana M. Vila-Abadal

Coordinació editorial: Anna Pérez i Mir
Direcció editorial: Iolanda Batallé Prats

Aquest llibre va ser negociat a través d'Ute Körner Literary Agent, Barcelona
(www.uklitag.com)

Textos i il·lustracions d'Ingo Siegner

La Galera, SAU Editorial
Josep Pla, 95 – 08019 Barcelona
www.lagalera.cat
lagalera@grec.cat

Imprès a Egedsa
Roís de Corella, 16 – 08205, Sabadell

Dipòsit Legal: B-413-2010
Imprès a la UE
ISBN: 978-84-246-3348-6

Índex

Vol al regne dels Cavallers

—Oncle Ignasi, que vas de viatge? —pregunta en Coco, quan veu el seu oncle preparant la seva maleta de vol.

—Ja m'agradaria! —contesta el gran drac rondinant—. Tinc guàrdia al regne dels Cavallers.

—Al regne dels Cavallers? On és això? —pregunta en Coco amb curiositat.

—No has sentit parlar mai de l'Arbre dels Dracs que hi ha al regne dels Cavallers?

—No, mai. És la primera vegada!

Llavors l'oncle Ignasi explica al petit drac de foc la història de l'Arbre dels Dracs:

—Lluny de l'illa dels Dracs, hi ha el regne dels Cavallers. Enmig d'aquest regne i dalt d'un turó hi creix un arbre molt antic. Sota la muntanya s'aixeca un castell feudal. Des que els dracs tenen memòria, els cavallers del castell volen talar l'arbre per construir una torre sobre el turó.

Però els dracs fan guàrdia i vigilen que a l'Arbre dels Dracs no li passi res, tot i que els cavallers intenten fer fora els dracs per poder talar l'arbre.

En Coco escolta sorprès.

—Oncle Ignasi, puc anar amb tu a aquest lloc de cavallers?

—Venir amb mi? Però si encara no saps volar prou bé! A més, els cavallers són gent antipàtica i el lloc és massa perillós per a un drac petit.

—Sisplau, oncle Ignasi, puc volar amb tu, assegut sobre el teu llom. Tinc vacances. Em portaré molt bé, t'ho prometo!

—D'acord. Si així ho vols, però... sempre que els teus pares hi estiguin d'acord. I ràpid, perquè me'n vull anar ara!

En Coco surt corrents i, just quan l'oncle Ignasi s'està lligant la maleta a l'esquena, arriba i diu:

—Em deixen venir! I la Matilde també vol acompanyar-nos. Els seus pares li han donat permís.

L'oncle Ignasi s'adona que darrere d'en Coco hi ha el petit porc espí.

—Bé, d'acord —diu rondinant l'oncle Ignasi—. Però agafeu-vos bé!

En Coco i la Matilde pugen en una de les dues maletes. El gran drac desplega les ales i s'enlaira cap al cel. Vola sobre l'oceà, sobre camps i boscos, llacs i rius, muntanyes i valls, durant tot un dia i tota una nit. En Coco i la Matilde s'acomoden dins de la maleta i, quan l'oncle Ignasi creua les muntanyes per dirigir-se al regne dels Cavallers, tots dos ja dormen profundament.

L'Arbre dels Dracs

Quan en Coco es desperta, els raigs de sol escalfen l'interior de la maleta. De sobte se sent «pluf» i una gran poma vermella cau sobre l'herba.

—Ho veus? —diu somrient l'oncle Ignasi—. És una poma-salutació. A l'arbre li deuen agradar els dracs petits.

Llavors la Matilde treu el cap de la maleta:

—També li agraden els porc espins?

«Pluf». Una altra poma.

—Sí, també li agraden els porc espins —diu content l'oncle Ignasi.

En Coco i la Matilde miren sorpresos: el tronc del gran arbre és més ample que un drac adult. L'espès fullatge té un color verd intens i les seves pomes són vermelles i brillants. Als peus de l'Arbre del Drac hi ha un impressionant castell de torres amples envoltat d'un fossat d'aigua. Sota el castell, es veu un riu amb un poble a la vora.

Tot seguit la mirada d'en Coco s'atura en un punt del cel. Emocionat, salta de la maleta:

—Oncle Ignasi, un drac volador!

L'oncle Ignasi badalla i rondina:

—És l'Uri, que ja ha acabat la guàrdia i marxa cap a casa seva. I ara sigues un bon drac i deixa'm dormir, que el vol m'ha deixat esgotat.

—Dormir? —diu en Coco—. No pots dormir... has de fer guàrdia!

L'oncle Ignasi obre un ull:

—Però si no vindrà ningú! Si m'equivoco, em despertes.

—Però... —s'entrebanca en Coco—. En qualsevol moment pot aparèixer un d'aquests cavallers!

—I ara! No et preocupis! Els cavallers tenen massa por dels dracs!

—Però jo pensava que els cavallers ens volien fer fora a nosaltres, els dracs! —exclama en Coco.

—Mmm —rondina l'oncle Ignasi—. Una vegada, mentre l'Uri feia guàrdia, en va passar un. Però quan l'Uri va obrir un ull, va fugir.

—Jo pensava que els cavallers eren perillosos!

—Tant com perillosos... Una vegada en va venir un de força valent. Va aparèixer amb la seva espasa, preparat per a enfrontar-se al drac. Però aquest li va llançar un raig de foc i li va rostir l'armadura. Ha ha ha! Des de llavors aquest cavaller s'anomena «El Cavaller Negre». Però, de fet, aquí no passen gaires coses. Per això m'he dut de casa un munt de llibres.

—Vols dir que penses estar-te aquí fent el ronsa i llegint?

—I és clar, què et pensaves? Va, i ara deixa'm dormir!

L'oncle Ignasi badalla, fa mitja volta i tanca els seus ulls de drac. En Coco es deixa caure decebut sobre la gespa. «Quin rotllo! Quines vacances que m'esperen!», pensa.

—Coco —diu la Matilde—, anem a buscar un cavaller.

En Coco s'aixeca i crida:

—Això mateix!

L'oncle Ignasi obre un ull:

—Però aneu amb compte amb les trampes per a dracs! N'és ple!

El Cavaller Negre

Els dos amics es passen tot el dia recorrent el bosc, però no aconsegueixen veure cap cavaller.

—I jo que pensava que érem al regne dels Cavallers —diu en Coco grunyint—. I no n'hi ha ni un!

De cop, la Matilde s'atura:

—Mira Coco, allò d'allà no és un cavaller?

Als marges del bosc veuen unes figures. N'hi ha una que porta una armadura negra.

—El Cavaller Negre —xiuxiueja en Coco.

Emocionats, tots dos s'hi acosten. Llavors senten com el Cavaller Negre diu:

—Aviat el drac olorarà la mel. Un cop n'hagi menjat, s'adormirà com una marmota. El somnífer que abocaré a la mel podria adormir cent óssos! Però abans que se li tanquin els ulls descobrirà la gandula que li hem preparat.

—Ha ha ha! —riu un dels homes—. Una gandula amb rodes incorporades!

—Exacte —diu el Cavaller Negre—. S'adormirà plàcidament sobre la gandula, llavors el lligarem i l'arrossegarem fins al castell, ha ha ha!

—I com a agraïment obtindràs la filla del Senyor del Castell —diu un altre—. I seràs el nou Senyor del Castell, ha ha ha!

—Llavors seré el governant de tot el regne dels Cavallers! —crida el Cavaller Negre mentre colpeja amb els punys el seu pit de ferro. El so és tan estrident que en Coco i la Matilde reculen espantats.

—Ràpid! —diu en Coco—. Hem d'avisar l'oncle Ignasi!

Marxen sigil·losament. Un cop són fora de perill corren tan ràpid com poden, i a tota

velocitat pugen cap on es troba l'Arbre dels Dracs.

Però dalt de la muntanya no veuen l'oncle Ignasi enlloc.

—Mira, hi ha una nota penjada! —crida la Matilde gairebé sense alè.

En Coco llegeix el que l'oncle ha deixat escrit:

«He olorat mel, vinc de seguida.»

—Ostres! —diu el petit porc espí—. Ara caurà a la trampa!

—Vine Matilde, ens deixarem guiar per l'olor de la mel i les petjades de l'oncle Ignasi! —crida en Coco.

Les grans petjades de drac són fàcils de distingir.

Tots dos pugen la muntanya com un coet.

Just abans que s'acabi el bosc, s'aturen a agafar aire.

A través dels arbres veuen el pont que travessa el riu i al darrere una gran prada.

Enmig del camp, hi ha una figura gegant que es mou.

—És ell! —crida en Coco.

Content de veure'l, fa un salt a l'aire. Però, quan aterra, passa una cosa terrible: sota els seus peus la terra s'enfonsa.

—Ajuda! —crida en Coco.

—Ajuda! —crida la Matilde.

Tots dos cauen en un forat profund.

La trampa de mel

L'oncle Ignasi es troba massa lluny i no sent els crits de socors d'en Coco i la Matilde. Camina alegrement pel camp verd mentre cantusseja:

Sóc un drac de foc.
Vigilo l'arbre i mai no el trepitjo.
M'agraden la festa i el joc,
i la mel és el que més desitjo.

Llavors, enmig del prat, veu una gandula i al costat un barril ple de mel.

«I ara!», pensa l'oncle Ignasi, «una gandula enmig del camp, que estrany. I un barril gegant ple de mel, fantàstic.»

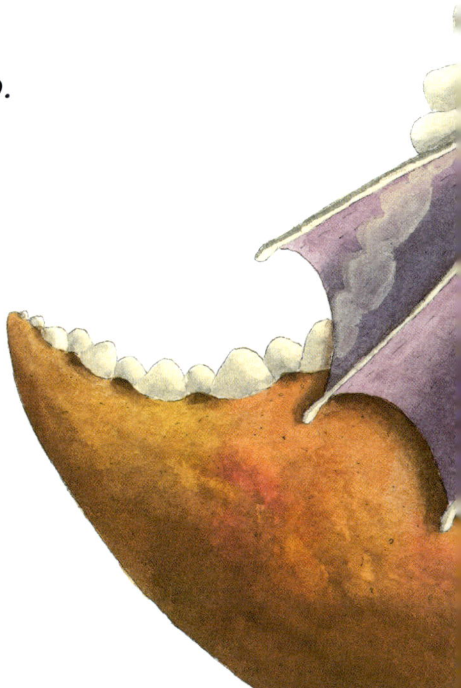

El drac llepa i llepa la deliciosa mel fins que la seva panxa és rodona com una pilota. Tot d'un plegat, sent com li pesen les parpelles dels ulls i comença a tenir molta son.

«Mmm», pensa, «en realitat hauria de tornar a l'Arbre dels Dracs, però també puc fer una petita migdiada aquí, en aquesta gandula».

I abans que l'oncle Ignasi pugui pensar res més, ja s'ha enfonsat a la gandula i dorm.

Quan el drac comença a roncar alt, s'acosten des de la vora del bosc el Cavaller Negre i els seus camarades amb un parell de cordes pesants.

—Ha ha ha, iupi! —criden els homes—. Hem vençut el drac! I ballen tot rient al voltant del drac adormit.

Però el Cavaller Negre crida:

—Ja n'hi ha prou! Lligueu-lo!

Tot seguit els dos homes empenyen la gran gandula cap al castell amb l'oncle Ignasi lligat al damunt. Davant seu cavalca el Cavaller Negre.

La notícia del drac vençut s'escampa com una taca d'oli, i els habitants del poble i del castell s'acosten des de tot arreu. El Senyor del Castell, en Bruno el Barbut, i la seva filla surten al balcó. Quan el drac arriba a la plaça del castell, el Cavaller Negre mira cap en Bruno el Barbut i crida:

—En una dura batalla a capa i espasa he vençut el drac de foc, i us el porto com a ofrena. I ara us demano la mà de la vostra adorable filla!

En un tancar i obrir d'ulls, tothom es queda en silenci. La gent observa sorpresa el drac gegant i després amb admiració i respecte el Cavaller Negre. Llavors en Bruno el Barbut diu:

—Així ho vaig prometre i així serà! Tu has vençut el drac i ara obtindràs la meva filla com a muller i et convertiràs en el Senyor del Castell!

Abans que el sol es pongui comencen els preparatius del casament, ja que l'endemà és el dia escollit perquè el Cavaller Negre i la Bruniberta es casin. L'oncle Ignasi adormit continua lligat enmig de la plaça.

En Guillem del Camp Florit

En Coco i la Matilde han caigut en un forat tan profund que són a terra inconscients. Quan comença a fer-se fosc, recuperen el coneixement i es desperten.

—On som? —pregunta la Matilde.

En Coco mira al seu voltant:

—Segurament som en una trampa per a dracs.

La Matilde mira cap amunt i observa aquella altíssima paret de terra:

—Creus que podries volar fins a dalt?

—Ho intentaré —contesta en Coco, que desplega les ales i aleteja amb totes les seves forces. Ho prova una vegada i una altra, però no aconsegueix enlairar-se prou.

—No puc —diu sense alè—. Mai no podrem sortir d'aquí.

—Calla! —mormola la Matilde—: Ve algú.

En Coco obeeix: és veritat, algú canta una cançó.

Sóc un pobre trobador
que s'ha quedat sense el seu amor.
Demà es casa la meva donzella.
Què serà de mi sense ella!

—Ajuda! Ajuda! —criden en Coco i la Matilde.

Llavors la cançó s'atura i se senten unes passes.

Les passes es tornen més lentes. De cop i volta es fa el silenci. Algú s'inclina a la vora del forat. En Coco veu un home amb el nas llarg.

—Hola! Que hi ha algú? —pregunta l'home.

Lentament, en Coco surt de la cantonada del cau:

—Sí, hola!

L'home recula espantat:

—Un drac!

—Exacte! Sóc el drac Coco, i tu?

—Doncs... Sóc en Guillem del Camp Florit, el trobador.[1]

—Encantat! Ens ajudes a sortir del forat?

—Per què dius «ens»? Hi ha algú més amb tu?

La Matilde avança unes passes:

—Sí, també hi sóc jo!

—Un porc espí! —crida en Guillem perplex.

[1] Persona que, a l'edat mitjana, componia obres poètiques i musicals destinades a ser recitades i cantades.

—Encantada, sóc la Matilde.

—Ens ajudaràs a sortir? —pregunta en Coco.

—No ho sé. I si quan sou aquí dalt em llances foc?

—No ho faré, i encara que volgués fer-ho, no tinc temps. Haig d'anar a avisar el meu oncle, perquè, si no, caurà en una trampa de mel.

—En una trampa de mel?

—Sí, el Cavaller Negre vol enganyar el meu oncle amb un barril ple de mel per fer-lo caure en una trampa. A la mel hi ha abocat un somnífer.

—Un somnífer? —diu en Guillem—. Em temo que ja és massa tard. El gran drac està lligat enmig de la plaça del castell. El Cavaller Negre ha explicat que l'ha vençut en un combat molt difícil.

—Quin pocavergonya! —crida en Coco enutjat—. Aquest maleït Cavaller Negre mai no podria vèncer el meu oncle! Oh no! I ara què farem?

En Guillem deixa caure el cap:

—Sabeu què? —diu sanglotant—. Jo també estic molt trist i enfadat, perquè el Cavaller

Negre es casarà amb la filla del Senyor del Castell. I ella m'estima i jo l'estimo a ella! Però el seu pare la va oferir a aquell que vencés el drac. Ara ja és massa tard, perquè demà serà el casament.

Llavors en Coco diu:

—Però si alliberem l'oncle Ignasi no serà massa tard!

En Guillem mira espantat:

—Alliberar el gran drac? Esteu bojos? Destrossaria tot el castell!

En Coco somriu:

—I si lluites tu contra l'oncle Ignasi i el guanyes?

—Jo? El drac em faria puré!

—No, home, no, et deixaria guanyar.

—Em deixaria guanyar? Però si el gran drac llança foc i és molt perillós!

—I ara! —diu la Matilde—. L'oncle Ignasi és un bonàs. Si li diem que et deixi guanyar, ho farà.

—N'esteu segurs?

—I tant! —diu en Coco—. Primer l'oncle Ignasi carbonitzarà el cul al Cavaller Negre i, llavors, tu lluitaràs contra ell, guanyaràs i obtindràs la filla del Senyor del Castell!

—Però només si ens ajudes a sortir d'aquí ara mateix —afegeix la Matilde.

En Guillem s'ho pensa. No sona malament!

Ràpidament va a buscar un pal llarg i l'acosta al forat on hi ha en Coco i la Matilde.

Quan tots tres són a sobre el cavall, camí del castell, ja s'ha fet fosc.

De nit, al castell

Abans que arribin al fossat del castell, la Matilde, aprofitant que és fosc i que té por, puja sobre les espatlles d'en Coco. En Guillem els ofereix la seva indumentària amb caputxa. Vestits d'aquesta manera els tres amics creuen el pont llevadís i passen davant la guàrdia.

Quan són a la plaça del castell, de seguida veuen el drac adormit.

—Pobre oncle Ignasi! Fins i tot li han lligat el morro —mormola la Matilde.

—És clar —diu en Coco—. Perquè no pugui llançar foc.

El petit drac puja fins a l'orella de l'oncle Ignasi i li xiuxiueja:

—Desperta't!

Però l'oncle Ignasi continua roncant i dormint profundament.

—Desperta't! —repeteix en Coco ara més alt.

L'oncle Ignasi continua immòbil.

Llavors en Coco crida tan alt com pot:

—Aixeca't, marmota!

Finalment el gran drac obre un ull, després l'altre:

—Onn sss cc? —pregunta.

—Què? —pregunta en Coco.

— Onn sss ccc?!

—Et pregunta on és —diu la Matilde—. Va, vine, desfem el nus!

En Coco i la Matilde alliberen el morro del drac.

—On sóc? —repeteix l'oncle Ignasi.

—No tan alt! —xiuxiueja en Coco.

—Ets al mig de la plaça del castell. El Cavaller Negre va abocar un somnífer a la mel!

—Maleït sigui! Ara s'ho trobarà! —rondina l'oncle Ignasi, que intenta aixecar-se.

—Espera, oncle Ignasi, no t'aixequis! Tenim una idea! —diu en Coco, i li explica, baixet, el pla previst.

El gran drac escolta atentament. Quan en Coco li explica que podrà carbonitzar el cul al Cavaller Negre, l'oncle somriu. Però quan sent que s'ha de deixar guanyar per un trobador, arrufa el nas.

—Però, qui és aquest?

En aquest moment el trobador Guillem fa una passa endavant:

—Mmm, sóc jo.

—Contra aquest mamarratxo haig de perdre? L'oncle Ignasi està indignat.

—Faré veure que no he sentit això de mamarratxo —diu en Guillem, ofès.

—Xsst —interromp en Coco.

—En Guillem ens ha alliberat de la trampa dels dracs. Estima la filla del Senyor del Castell i seria un bon Senyor del Castell!

—Mmm —fa l'oncle Ignasi—. I no talaràs l'Arbre dels Dracs?

—I és clar que no! —assegura en Guillem.

—Doncs hem arribat a un bon acord! —diu content en Coco.

—Ara et posarem de nou el morrió i afluixarem les altres cordes!

Entre tots desfan de seguida els nusos, però l'oncle Ignasi fa veure que encara està lligat. Finalment, en Coco, la Matilde i en Guillem marxen del lloc sobre el llom del cavall del trobador i busquen un estable on passar la nit.

En Francesc l'Ombrívol

Quan el primer raig de sol cau sobre la plaça del castell, sonen les trompetes i tronen els canons per celebrar el gran dia. Hi ha moviment a tot el castell: la gent para grans taules, de les finestres pengen acolorides banderes, els saltimbanquis i els músics fan el seu espectacle pels carrerons. Al voltant de l'oncle Ignasi s'aplega molta gent. Tothom vol veure de prop el gran drac, que, malgrat que està totalment despert, fa veure que dorm. En Coco i la Matilde s'han disfressat de nou amb el vestit amb caputxa del trobador i es barregen amb la multitud acompanyats d'en Guillem. Llavors sonen les trompetes dues vegades més.

De cop i volta es fa el silenci.

Surten al balcó en Bruno el Barbut i la seva filla Bruniberta. En el mateix moment, el Cavaller Negre cavalca a través de la gentada fins al balcó.

La seva armadura negra i la seva espasa, acabades de polir, llueixen sota el sol del matí.

En Bruno el Barbut s'avança i crida:

—Cavaller Negre, ets més fort que el gran drac. Per aquesta raó pren la meva filla com a muller i converteix-te en el Senyor del Castell. Però, abans, mostra'ns la teva cara!

El Cavaller Negre es treu lentament el casc negre. Se sent un xiuxiueig entre la multitud i el Senyor del Castell s'espanta.

També en Guillem té un ensurt:

—Ostres! És en Francesc l'Ombrívol!

—Qui és aquest? —pregunta la Matilde.

—El Cavaller Negre —remuga en Guillem— és en realitat en Francesc l'Ombrívol, una mala persona. És conegut a tot el regne perquè sempre va begut i es baralla amb tothom. Seria terrible que la Bruniberta es casés amb ell!

La Bruniberta observa atònita el que passa a la plaça. Llavors veu el seu estimat Guillem i una llàgrima li llisca galta avall.

—I si algú té alguna cosa a dir contra aquest casament —crida en Bruno el Barbut—, que ho digui ara!

En Guillem pren immediatament la paraula:

—Sí, jo!

En Francesc l'Ombrívol, mira en Guillem.

Però en Bruno el Barbut diu:

—Doncs parla, Guillem del Camp Florit!

—En Francesc l'Ombrívol, el Cavaller Negre, no ha vençut el drac en la batalla.

Simplement ha abocat un somnífer a la mel!

De nou, un xiuxiueig travessa la multitud. En Bruno aixeca la vista cap a en Francesc l'Ombrívol:

—Això que diu en Guillem és veritat?

—I és clar que no! —contesta el Cavaller Negre.

—Jo, tot sol vaig enfrontar-me al drac amb la meva espasa i vaig lluitar com un lleó!

Llavors la Matilde es treu la vestimenta del trobador i fa un salt cap a terra. En Coco

s'enlaira una mica volant i crida:

—El Cavaller Negre menteix! El meu oncle Ignasi va ser vençut amb un somnífer!

La gent recula espantada:

—Un drac petit!

En aquest moment, l'oncle Ignasi fa saltar les cordes que el tenien lligat i crida amb totes les seves forces:

—I jo sóc un drac gegant! I si ets prou valent, Cavaller Negre, torna a lluitar amb mi, però aquesta vegada sense somnífer!

Se senten crits, els habitants del castell fugen corrents i s'amaguen als carrerons. El Cavaller Negre, mentrestant, ha perdut el casc per l'ensurt.

En Bruno el Barbut crida des del balcó:

—Cavaller Negre!, lluita contra el gran drac; si no ho fas, incendiarà tot el castell!

Sense estar-ne gaire convençut, en Francesc l'Ombrívol, el Cavaller Negre, desenfunda la seva espasa:

—Mmm, bé, d'acord ho faré...

Però de sobte clava una puntada de peu al cavall i intenta fugir. Però en Coco ha estat atent. Ràpidament li talla el pas i llança un potent raig de foc. El cavall s'espanta i fa caure al cavaller.

Una gran mà de drac l'agafa per l'orella i el sacseja tant que l'armadura repica i trontolla.

—Què, mamarratxo de llauna! —diu l'oncle Ignasi al cavaller—. A partir d'ara no abocaràs mai més somnífers a la mel. Ho has entès?!

El cavaller contesta tremolant:

—D'acord, no ho faré mai més!

—I taparàs amb l'ajut d'una pala totes les trampes per a dracs!

—T'ho prometo!

—I després couràs un gran pastís de poma, però amb molta nata!

—Què?

—Que potser ets sord? Vols que et carbonitzi el cul?

—No, ho he entès perfectament, cap problema. Pastís de poma amb nata, ho faré! —diu el cavaller entrebancant-se.

A continuació l'oncle Ignasi fa seure de nou el cavaller sobre el cavall, que és negre com un corb.

El cavaller surt galopant com si el perseguís el dimoni.

Qui és més fort que un drac?

—Bé! —crida l'oncle Ignasi, tot llançant un poderós raig de foc a l'aire—. Ara sí que estic enfadat de debò! Tan enfadat que destrossaria el castell sencer!

En Bruno, la Bruniberta i els altres habitants del castell estan morts de por.

Llavors, en Coco, sense que ningú el vegi, dóna un cop de colze a en Guillem i xiuxiueja:

—Ara et toca a tu sortir a l'escenari!

En Guillem avança un parell de passes en direcció a l'oncle Ignasi, mou els punys i crida:

—Pobre de tu que facis malbé alguna cosa! O te les hauràs amb mi!

L'Oncle Ignasi mira cap a l'escarransit trobador:

—Què? Tu, cogombre petit i prim, vols lluitar contra mi? Et convertiré en puré!

—Doncs vine, bola de greix, i ho veuràs!

—M'has dit bola de greix, tu, pota de gallina? Doncs ara sabràs el que és bo! —crida l'oncle Ignasi i l'empeny tan fort que el trobador surt volant pels aires. Patapam!

—Ai! —crida en Guillem, que s'aixeca, es neteja i torna a aixecar els punys—. Vine aquí!

—Cogombre en vinagre? Ara veuràs, gripau d'estany! —diu furiós l'oncle Ignasi i torna a empènyer el trobador. En Guillem torna a volar pels aires i cau de cul:

—Aiii!

L'oncle Ignasi s'ajup i li diu:

—Què? Ja en tens prou, tros de gelatina?

En Guillem es frega el cul adolorit i xiuxiueja:

—Però... no havia de guanyar jo?

L'oncle Ignasi contesta també xiuxiuejant:

—Em pensava que havia de semblar real.

—Sí, però penso que ara ja em toca guanyar.

—D'acord. Doncs colpeja'm el nas amb totes les teves forces!

Tan alt com pot, i perquè tothom ho pugui sentir, en Guillem crida:

—Ja en tinc prou. Ara veuràs! —I tan fort com pot dóna un cop al nas de l'oncle Ignasi.

El gran drac fa un pas enrere i cau de cul.

—Ai! —crida l'oncle Ignasi, s'aixeca i amb els punys enlaire corre cap a en Guillem.

Però en Guillem clava un cop de puny encertat i l'oncle Ignasi torna a caure a terra:

—Aiii!

Ara tots els habitants del castell surten del seu amagatall i miren atònits el petit Guillem.

Llavors la Bruniberta crida:

—Bravo, Guillem!

En Bruno el Barbut i tots els habitants del castell criden alhora:

—Bravo, Guillem! Bravo!

L'oncle Ignasi xiuxiueja:

—Ara agafa'm per la cua, fes-me volar pels aires i envia'm fora dels murs del castell!

—Impossible! No tinc prou forces —mormola en Guillem.

—Intenta-ho, jo t'ajudaré! —diu l'oncle Ignasi.

En Guillem corre fins a la punta de la cua del drac, l'agafa i intenta fer-lo volar pels aires. I ho aconsegueix! L'oncle Ignasi l'ajuda d'amagat amb les seves ales!

—Ajuda, socors! —crida.

En Guillem el fa girar pels aires, una, dues, tres vegades fins a fer-lo volar per sobre del mur del castell. Quan l'oncle Ignasi aterra sobre el prat que hi ha darrere les parets de la fortalesa, el terra tremola. La Bruniberta, en Bruno, en Guillem, en Coco, la Matilde i tots els habitants del castell travessen el pont per sortir a fora. Sorpresos, miren el drac gegant estès a terra.

—En tens prou? —crida en Guillem, segur de si mateix.

—Una mica de compassió —suplica l'oncle Ignasi—. No em colpegis més ni em facis volar pels aires! Faré tot el que em diguis!

En aquest moment, els habitants del castell llancen els seus barrets a l'aire i a continuació criden el petit Guillem:

—Bravo, Guillem! Bravo!

I en Bruno el Barbut diu:

—Guillem del Camp Florit, vols casar-te amb la meva filla Bruniberta i ser el nou Senyor del Castell?

—I és clar! —crida en Guillem entusiasmat.

Més que feliç, la Bruniberta fa volar tres vegades seguides el seu estimat Guillem. A continuació li fa un petó a la galta i el petit trobador es posa vermell com un tomàquet.

—I la vostra lluna de mel? —crida en Coco.

—La passareu a l'illa dels Dracs. Esteu oficialment convidats, si és que voleu venir! —afegeix l'oncle Ignasi.

—Amb molt de plaer! —diu somrient la Bruniberta.

—I tant que sí! —afegeix en Guillem.

El casament de la Bruniberta i en Guillem s'allarga tres dies. Després, l'oncle Ignasi desplega les ales i s'enlaira amb en Coco, la Matilde i els nuvis cap al cel en direcció a l'illa dels Dracs. I encara avui, el pomer continua florint en el regne dels Cavallers.

Foto: privat

Ingo Siegner va néixer l'any 1965 a Grossburgwedel, prop de Hannover. Acabada l'escola, va aprendre l'ofici de banquer, va viure un any a França i va assistir durant molt poc temps a la universitat. Finalment, va aterrar a Vamos, una empresa de Hannover que organitzava viatges per a famílies. Durant molts d'aquests viatges explicava històries fantàstiques als nens i nenes. En comprovar com els menuts gaudien escoltant-lo, va començar a escriure-les. Alhora, va començar a dibuixar. Ingo Siegner viu i treballa a Hannover. Amb els seus llibres del petit drac Coco, que s'han traduït a molts idiomes, ha arribat al cor dels joves lectors i lectores. La tardor del 2003 va ser guardonat amb el Premi de Literatura Infantil Bad Iburger.

A la Galera confiem que t'ho hagis passat tan bé amb aquest llibre com nosaltres a l'hora de fer-lo. Hi ha més aventures del petit drac Coco que t'esperen.

Si tens una estona i vols explicar-nos les coses que t'han agradat (i també les que no), visita la nostra web, www.lagalera.cat, i deixa'ns uns missatge a info@lagalera.cat.
Recorda que cal que demanis permís o ajuda a un adult.

La teva opinió és molt important per a nosaltres, perquè fem els llibres per a tu.

Títols de la col·lecció

1. El petit drac Coco i les seves aventures

2. El petit drac Coco i el Cavaller Negre